Bertoluzzi

Der Fußballakrobat

Juventus – Milano

Beim Friseur

Romualdo Fabrici

Bertoluzzi

Der Fußballakrobat

Juventus - Milano

Beim Friseur

Bibliografische Information der Deutschen
Nationalbibliothek:
Die Deutsche Nationalbibliothek verzeichnet diese
Publikation in der Deutschen Nationalbibliografie;
detaillierte bibliografische Daten sind im Internet über
http://dnb.dnb.de abrufbar.

Herstellung und Verlag: BoD – Books on Demand,
Norderstedt

ISBN: 9783754313794

Bertoluzzi

Nicht viele unter uns gehören zu den auserwählten Glücklichen, die einem Star aus der Show-Welt, einem Prominenten oder gar einem Politiker auf der Straße begegnen. Wir kennen sie im Grunde genommen nur aus den Talkshows, wo sie ihr Buch, ihr schauspielerisches Talent oder auch irgendeine politische Idee verkaufen wollen. Tagelang - ja, oft länger noch - wirkt diese Begegnung in uns nach, als wären wir dem Heiligen Geist persönlich über den Weg gelaufen.

Eines der strahlenden Leuchtfeuer in meiner Erinnerung war die Begegnung mit dem hochtalentierten Fußballakrobaten Heinrich Berthold Hasenclever. Ihm wurde in den sechziger Jahren ein bedeutender Platz in der Fußballaristokratie eingeräumt -

als Publikumsliebling und vor allen Dingen als Fußballrevolutionär.

Sein legendärer Ruf basierte größtenteils auf seiner absoluten Unfähigkeit, sich auf dem Fußballfeld zu bewegen wie jeder andere einigermaßen gut trainierte Spieler auch. Gleichgültig, ob er sich zu den drahtig-asketischen Durchhaltefanatikern zählte, den athletisch gebauten Typen oder gar zu den Kraftbolzen, die eine Menge Muskelfleisch über das Feld zu tragen haben und wegen ihrer zögerlichen Anlaufgeschwindigkeit nur selten aufgestellt werden.

In seinem eckigen, ganz und gar unharmonischen Laufstil - hier erinnerte er an den mehrfachen Olympiasieger Emil Zatopek in den fünfziger Jahren - bewegte er sich über das Fußballfeld, als wäre er ganz allein auf Feld und Flur - in einer Art und Weise, die niemand von ihm erwartete, geschweige denn vorausahnen konnte. Nach fünf oder sechs Trippelschritten wechselte er abrupt die Richtung, lief im Zickzack über das Feld, übersprang geschickt Blutgrätschen und heimtückisch eingefädelte Fußangeln, bis er endlich auf die Idee kam, dass dies im Grunde ein Mannschaftssport war und es allmählich Zeit wäre abzuspielen. Unerwartet für das Publikum, auf jeden Fall aber für seine Gegner, startete er oft seinen Trip aus der Verteidigungslinie heraus - in seinem typischen, einem flüchtenden Hasen ähnlichen Zickzacklauf, drehte im Mittelfeld einige Mäanderschleifen, bis er den Ball in einem flachen Bogen von der Seitenlinie einem Stürmer seiner Wahl zuhebelte. In der einschlägigen Presse wurde er allein wegen dieses punktgenauen Zuspiels zum Flankengott der Liga hochstilisiert.

Seine eigenen Mitspieler, die sich im Laufe der Zeit auf ihn und seine Spielweise einstellten und allmählich begriffen, wo sie zu stehen und auf sein Zuspiel zu warten hatten, waren zuweilen selbst irritiert und nicht mehr in der Lage seinem Konzept zu folgen. Natürlich häuften sich anschließend schon während des Spiels und erst recht danach Vorwürfe, dass er angesichts dieser chaotischen Spielweise überhaupt keinem Konzept folge. Vielleicht war es aber genau das, was so wunderbar funktionierte?

Er gehörte offensichtlich zu den „kreativen Chaoten", dessen rechte Gehirnhälfte besonders ausgeprägt war - der Gehirnhälfte, die als Dominante aktiver in das Spielgeschehen eingriff als die linke. Schon früh hatte er es gelernt, mit diesem scheinbaren Manko umzugehen. Denn als Chaot beschimpft zu werden, ist natürlich schwer zu ertragen und nicht immer leicht hinzunehmen. Dabei erforschten inzwischen Wissenschaftler, dass die ‚rechtshirnigen' Menschen von Natur aus die spontaneren und kreativeren sind. Ferner scheinen sie eine bessere räumliche Wahrnehmung zu besitzen als zum Beispiel die ‚linkshirnigen'. Etwas im Voraus zu planen, scheint für diese Art menschlicher Wesen eine grauenhafte Vorstellung zu sein. ‚Linkshirnige' - also Menschen, deren linke Gehirnhälfte die aktivere ist, lieben es dagegen zu planen, etwas logisch zu analysieren und perfekt zu sein. Sie wollen, dass alles ordnungsgemäß und wie am Schnürchen abläuft.

Die Fußballfans kümmerte das wenig. Sie waren stolz auf Bertoluzzi und ihre Mannschaft. Aber sie trauten dem Erfolg, den sie sich in so kurzer Zeit erspielt hatten, nicht wirklich. Sie befürchteten, dass es irgendwann einen Kollaps geben würde – wie es immer geschah nach ihrer Erfahrung, wenn eine Mannschaft zu schnell und zu rasant nach oben steigt. Und genauso könnte, wiederum nach ihrer Erfahrung, auch ihre Mannschaft um so schneller wieder in den Abgrund gerissen werden, wo sie sich noch vor kurzem wie fest zementiert befunden hatte. Immerhin lagen sie jetzt schon ganz vorn auf einem der Champions-League-Plätze. Das hätte normalerweise ausreichen müssen, um ihnen jede Art von Zweifel zu nehmen - geheuer war ihnen aber selbst ein Erfolg wie dieser nicht. Und so kauften sie weiter die völlig überteuerten Eintrittskarten für das nächste Spiel, um endlich hinter das Geheimnis dieser Spiele zu kommen, in denen Bertoluzzi diese entscheidende Rolle spielte.

Und sie wollten endlich selbst hinter das Rätsel kommen, das ihnen, aus welchen Gründen auch immer, bisher verschlossen geblieben war.

Vermutlich trug gerade seine unkalkulierbare und scheinbar willkürliche Spielweise dazu bei, etwas hineinzuinterpretieren, wo im Grunde nichts Erkennbares vorhanden war. Es hatten sich um ihn herum Gerüchte gebildet, er stünde im Bunde mit mächtigen Sponsoren aus dem arabischen Raum oder gar mit russischen Oligarchen, die ihn für einen unvorstellbar hohen Dollarbetrag für ihre Heimatmannschaften kaufen wollten. Nichts davon entsprach der Wirklichkeit, und es hatten weder Gespräche noch irgendwelche Verhandlungen stattgefunden. Tatsächlich konnten ihre Emissäre und Scouts nichts Greifbares oder Konkretes ihren Auftraggebern berichten, was sie nicht selbst verstehen konnten. Alle Welt wollte hinter das Geheimnis Bertoluzzis kommen, niemand aber konnte seine chaotische Spielweise klar und deutlich beschreiben.

Sie erwarteten ein klar definierbares und strategisch ausgeklügeltes Konzept, das hinter allem ausgebrütet worden war, aber sie lagen mit ihrer Einschätzung total daneben. Denn das Erstaunliche ist - obwohl man meinen könnte, der perfekt funktionierende, analytisch denkende Typ wäre der Erfolgreichere - dass der chaotisch wirkende Spieler, also der kreativere, nicht nur im

Fußball immer wichtiger geworden war. Das ist im Übrigen wissenschaftlich erwiesen und nicht einfach so dahingesagt. Denn heute will ein Fußballer nicht mehr den linear denkenden, mit viel Fußballtheorie vollgestopften Typen, sondern den kreativen, den flexiblen und den erfinderischen Mitspieler neben sich haben.

Stur einem vorgegebenen System zu folgen ist auf Dauer nicht nur für jeden Spieler langweilig. Eine derartige Stimmung würde wie ein giftiges Pilzgeflecht um sich greifen und wirkt sich oft verheerend auf das weitere Spielgeschehen aus. Denn sollte sie einmal aufkommen, ist gewöhnlich alles verloren. Die Überraschung ist jedoch, dass alles besser läuft und besser funktioniert, wenn einem Spieler ein Quäntchen eigener Entscheidungsfreiheit eingeräumt wird. Wenn er nicht gezwungen wird, einem vorgegebenen Pfad zu folgen. Wenn ihm der Spielraum gewährt wird, seine eigenen Ideen zu verwirklichen.

Ein kreativer, ‚rechtshirniger' Spieler wie es offenbar Bertoluzzi war wollte nie etwas nach Plan abarbeiten und nach der üblichen Routine verfahren. Er liebte und schätzte die Veränderung. Und als Fußballfan oder auch als zufällig anwesender Gast musste man bereit sein, diese Haltung zu akzeptieren, auch wenn die Mehrheit der Fans nach Ordnung schrie und ein schlechtes Gewissen hatte, wenn es auf dem Fußballplatz nach ihrem Geschmack zu chaotisch zuging. Die Wissenschaftler hatten nun einmal bewiesen, dass Chaos letzten Endes zum Erfolg führt.

Der Legenden umwobene Ruhm Bertoluzzis hält sich nicht ohne Grund bis heute am Leben - sein eigenartiger Laufstil wird in den Lehrplänen und Schulungsseminaren der Fußball-Akademien und Fußballzentren immer noch diskutiert. Generationen von Fußballprofis bemühen sich, seiner unkonventionellen Ballbehandlung zu folgen - ja, der gesamte Nachwuchs der international vernetzten Fußball-Ausbildungsstätten versucht seinem Vorbild nachzueifern. Doch nur wenigen Ausnahmetalenten gelingt es, sich seinem Laufstil ansatzweise zu nähern. Hatte jemand tatsächlich einmal das Glück gehabt dabei zu sein und das Original in seiner zuweilen chaotisch wirkenden Spielstruktur zu beobachten, ist das gegenwärtige Ergebnis aller Bemühungen nur ein schwacher Abglanz seiner Genialität - eine Erinnerung an ihn, die immerhin genügt, das Publikum und vor allen Dingen die Fanclubs, die Ultras und natürlich die Trainerequipe in frenetischem Beifall von den Sitzen zu reißen.

Wichtig war, wie so oft, das Ergebnis, und das ließ sich sehen. Nahezu in jedem Spiel zeigte sich, dass Bertoluzzi mit seiner Spielweise die Gegner immer wieder in die Irre führte. Verblüfft und in hohem Maße frustriert folgten sie ungläubig und wie gelähmt dem Spielverlauf, als würden sie nicht Teil des Geschehens sein, sondern das Spiel aus den Reihen des Publikums beobachten. Und das Publikum wiederum war in zwei Lager gespalten. Einige waren ohne Vorbehalte enthusiastische Verehrer Bertoluzzis, die anderen fuhren sich oft mit beiden Händen übers Gesicht, als wollten sie einen Schleier wegwischen - sie wollten es nicht glauben, einem Trugbild aufgesessen zu sein - einem Trugbild aus einer längst vergessen geglaubten Zauberwelt ihrer Kindheitstage. Nein, sie glaubten oft nicht, was ihnen dort auf dem grünen Geviert wieder einmal vorgeführt wurde. Und wenn sie das Stadion verließen und sich auf dem Heimweg befanden, erschien ihnen das Ganze wie eine Fata Morgana.

Ein Phänomen, so könnte man meinen, das nur jedes Jahrhundert einmal der Fußballwelt geschenkt wurde - und ähnlich selten auftritt wie das Auftreten eines Querdenkers, eines Einzelkämpfers, der gegen den Strom schwimmt und nie aufgibt. Wie zum Beispiel der Norweger Sondre Norheim, der 1968 das Telemarken im Skispringen erfand und siegte oder der erst 16 Jahre alte Finne Nieminen, der mit seinem gespreizten Entenflug einige Jahre darauf 15 % weiter sprang als alle anderen mit ihrem einmal eingeübten Parallelstil. Sie wurden anfangs alle belächelt und verspottet. Aber sie erfanden immerhin etwas neu und hatten sich durchgesetzt.

Dabei war auch das äußere Erscheinungsbild Bertoluzzis alles andere als Vertrauen erweckend. Seine einmal eingeschlagene Laufrichtung schien durch willkürlich auftretende Ladehemmungen immer wieder gestoppt und war weder für die Zuschauer noch für seine unmittelbaren Gegner auf dem Platz vorauszusehen. Das Publikum kreischte jedes Mal vor Vergnügen, wenn er diese Art von Täuschungsmanöver mit Erfolg einsetzte und seinen Gegner regelrecht vorführte.

Es blieb deshalb nicht aus, dass sie für ihren Publikumsliebling zärtliche Kosenamen erfanden wie Zickezacke-Hasenbacke. Auf einmal rief jemand: Lauf Hase lauf! und die englischen Fans, die während eines Freundschaftsspiels auf der Tribüne saßen, stimmten ein und schrien Run Rabbit Run! und lachten sich halb tot, als einer rief: look, it's a rabbit race. Wortgebilde wie diese besitzen aber in den Fußball-Zuschauerblöcken keine lange Lebensdauer. Irgendein unbekannter, aber einfallsreicher Fan posaunte über die Köpfe vor ihm hinweg den Namen Bertoluzzi - in Anlehnung an seinen Vornamen Berthold - vielleicht ein italienischer Verehrer.

Blindgläubige Fußballfans wie dieser verglichen ihn offenbar mit den einst berühmten italienischen Spielern der Azzurri, der Brasilianer, der Argentinier oder gar der Spanier. Dabei übersahen sie geflissentlich die geschmeidige Eleganz der Italiener, die katzenhaften Bewegungen der Südamerikaner und die überschäumende Spielfreude der Spanier.

Die Rabbit-Läufe Bertoluzzis vermittelten aber in dieser Hinsicht keinen ästhetischen Genuss. Hinter seinem typisch nach vorn gebeugtem Oberkörper schien er seine gespreizten Beine hinter sich herzuziehen und verfiel in einen hasenähnlichen Wipp- und Hoppelschritt. Plötzlich tauchten Leute auf und versuchten, den eigenartigen Laufstil Bertoluzzis an seinen Eltern festzumachen. Aber nicht immer sind die Eltern an allem schuld. Sie hatten bereits eine ruhmreiche Karriere hinter sich, als ihr Sohn geboren wurde. Sein Vater war Dressurreiter und Bronzemedaillen-Gewinner der Olympia-Equipe 1936 in Berlin. Seine Beine hatten zwar die leicht gebogene Form des Pferderückens angenommen - die ideale Verschmelzung von Pferd und Reiter war dadurch für jedermann sichtbar. Doch seinen Sohn ließ der Vater, ungeachtet der Form seiner Beine, niemals auf ein Pferd steigen. Er hielt ihn für ungeeignet.

Und seine Mutter war eine bekannte Sportfliegerin der dreißiger Jahre, die auch an Flugschauen teilnahm und dort waghalsige Flugakrobatik mit Rauch- und Nebelkerzen buchstäblich in den Himmel schrieb. Bei einer dieser Veranstaltungen, in denen sie einen bodennahen Looping versuchte, streifte sie einen Telegraphenmast und stürzte ab. Berthold war damals noch zu klein, um das wahre Ausmaß dieser Tragödie einzuschätzen. Da er seit seiner Geburt eine Betreuerin besaß, die sich um ihn kümmerte, kam er über den Verlust seiner Mutter leichter hinweg als es anderen Kindern in der gleichen Situation gelang.

Ob nun die o-förmigen Beine des Vaters oder die der Mutter an den Sohn vererbt wurden, wird immer ein Geheimnis bleiben. Wer hätte sich auch dafür interessieren sollen? Aber wo einmal ein Geheimnis in Umlauf ist, sprießen Spekulationen aus dem Boden, die so hanebüchen sind, dass sie als Gerücht weiterleben, wie zum Beispiel, dass Berthold als Kleinkind vernachlässigt wurde und eine überdimensionierte Windel tragen musste, die ihm frühmorgens nach dem täglichen Bad von seiner Betreuerin angelegt wurde. Er behielt sie tagsüber an, gewissermaßen als warmen, feuchten Umschlag, der sich nach dem reichhaltigen zweiten Frühstück gewichtig füllte. Beschämt vermied er es, irgendjemand zu rufen, der ihn von der baumelnden Last zwischen seinen Beinen erlöste.

Schon nach einem Jahr konnte er laufen - wohl auch, um die beißende Masse von seiner zarten Haut zu befreien, die nach einigen Stunden auch noch an den Rändern zu verkrusten begann. Seine Mutter hätte ihm helfen können. Aber seine für ihn verantwortliche Betreuerin beharrte auf dem Standpunkt, dass der Junge schon selbst zu ihr kommen würde, wenn er es nicht mehr aushielte. Er kam aber nicht zu ihr. Schon damals war sein oft kritisierter Eigensinn erkennbar, sein insgeheim auch bewunderter Starrsinn. Seine Betreuerin verfolgte strikt einer von ihr entwickelten Pädagogik, nach der einem Kind keine Verbote erteilt werden dürfen. Es sollte sich frei und unbeeinflusst von überlieferten Regeln entwickeln können. Auch Ratschläge der Erzieher in seiner Schule ließ sie nicht gelten. Genau diese Methoden hielt sie für überholt. Ziel all ihres Trachtens war, sein Selbstvertrauen zu stärken - womit sie zweifellos Erfolg hatte.

Nach drei Jahren, nachdem er die Windeln ein für allemal und freiwillig abgelegt hatte, fühlte er sich zwar von einer schweren Last befreit. Er lief aber nach wie vor mit weit ausholenden, schwankenden Schritten, von einer Seite auf die andere schaukelnd. Er konnte sich nur im Spreizgang im Gleichgewicht halten. An ihm hielt er fest und nur so fühlte er sich sicher auf den Beinen. Die für ihn so typische Fortbewegungsart war damit zu seinem Erkennungszeichen geworden. In einer Zeit, als noch niemand daran dachte, dass dieser von vielen als seltsam betrachtete Laufstil eines Tages zu einem außergewöhnlichen Phänomen hochstilisiert würde.

Ohne Schwierigkeiten schaffte er alle schulischen Abschlüsse und bereitete sich auf eine angenehme Tätigkeit im Versicherungswesen vor. Parallel dazu träumte er aber von einer sportlichen Karriere - er spielte sogar mit dem Gedanken, bei der Bundeswehr unterzukommen oder beim Grenzschutz. Eine Karriere als Gebirgsjäger hätte er gern begonnen, zumal er dann mit Pferden zu tun gehabt hätte wie sein Vater. Ein Highlight für ihn waren damals die Skiwanderungen gewesen, die er immer im Winter mit ihm unternommen hatte. Mit seinem breitbeinigen Fahrstil besaß er ein absolut verlässliches Standvermögen. Wie selbstverständlich hatte ihn auch sein damals gleich in den ersten Ferientagen mit auf den Hahnenkamm in Kitzbühel genommen.

Seine Bewerbung für die Bundeswehr wurde abgelehnt. Das medizinische Gutachten beschied ihn als ungeeignet für die anspruchsvolle Laufbahn als Gebirgsjäger. Von Natur aus waren oft die Trampelpfade zu schmal ausgebaut, wurde ihm erklärt, um sich auf ihnen in weit ausholenden Spreizschritten vorwärtszubewegen. Er würde sich selbst gefährden und eine Bedrohung für seine Kameraden sein und sie mitsamt ihren Maultieren in die Tiefe reißen. Diese Gefahr bestand auf jeden Fall nicht im örtlichen Fußballverein, FC Hanuca'. Das Feingefühl eines Trainers der Regionalliga Südwest und die gute Nase eines Scouts waren die entscheidenden Geburtshelfer seines legendären Aufstiegs. Anfangs in der Bundesliga und später dann auch im internationalen Fußballgeschäft. Lukrative Werbeverträge waren das eine. Aber wohlgefälliges Händeschütteln mit einem freundlich in die Kamera grinsenden Gesicht waren für ihn nicht zu ertragen – ja, er konnte sich an derlei Firlefanz nicht gewöhnen. Dieser Teil des Geschäfts war ihm im Grunde zuwider. Auch die geschickte Handhabung der Medien war ihm fremd. Jedes Wort auf die Waagschale zu legen und nach einem aufreibenden Spiel mit verschwitztem Gesicht und völlig ausgepumpt allgemein gültige Floskeln in die Mikrophone zu sprechen - das musste er erst lernen.

Wie widerwärtig er im Grunde genommen das Ganze fand - die Art seiner eigenen

Vermarktung zum Beispiel. Hätte er das früher gewusst, er hätte nie eine Laufbahn wie die seine begonnen. Eine Lehre als Einzelkaumann hätte er anfangen sollen, wie sein Vater ihm geraten hatte. Sicher wäre er heute schon Abteilungsleiter oder Einkäufer in einem Modehaus, das ihn zu Modeschauen in Mailand, New York und Paris geschickt hätte.

Wie langweilig er die Teilnahme an den Wohltätigkeits-Veranstaltungen fand, die nicht enden wollenden Autogrammstunden, die nichts sagenden Talkshow-Blabla-Gespräche und die angeblich so interessanten Begegnungen mit den Sponsoren, die für den Verein so wichtig waren und natürlich auch für sein persönliches Gehalt. Er wollte nur Fußball spielen. Und all das gehörte offensichtlich dazu? Die Art des Umgangs mit den Fans war ihm immer noch das Liebste - ihre Begeisterung zu spüren, ihre Treue zum Verein und vor allen Dingen auch zu ihm, denn er war sich durchaus bewusst, dass gerade er ihnen mit seiner widersprüchlichen und umstrittenen Spielweise oft genug Rätsel aufgab.

Im Alter von 24 Jahren gewann er in einer Benefiz-Veranstaltung die Aufmerksamkeit einer Turnerin - genauer gesagt, einer relativ bekannten Schwimmerin, die ihn während eines Fußballspiels mit einer Prominenten-Mannschaft aufmerksam beobachtete. Der von ihm inzwischen gut beherrschte und oft auch bewusst eingesetzte unkontrollierte und willkürlich erscheinende Rabbit-Race-Laufstil, den er breitbeinig über die Hälfte des Platzes vorführte, gefiel ihr und beeindruckte sie sehr. Sie sah, wie erfolgreich er war. Da sie sich bisher wenig mit Fußball beschäftigt hatte, hielt sie die Täuschungsmanöver Bertoluzzis für relativ gut gelungen - ja, geradezu für artistische Einlagen, die er offenbar zur Unterhaltung des Publikums vorführte.

Als er sie das erste Mal in ein 50-Meter-Becken eintauchen sah, folgte er gespannt und fasziniert zugleich ihren weit ausholenden Arm- und Beinbewegungen, die nahezu lautlos die Spiegelfläche des Wassers durchschnitten. Es folgten Entspannungsphasen nach einem vom Trainer festgelegten Konditionsplan, um genau nach zwei Minuten wieder loszulegen. Er bewunderte die harmonischen Bewegungen ihres Körpers. Sie schienen einem geheimen Rhythmus zu folgen, der auf ihn eine bis dahin noch nie erfahrene ästhetische Ausstrahlung ausübte. Als sie tropfnass aus dem Becken stieg, fielen ihm ihre langen Beine auf. Mit lang ausholenden Schritten schlug sie die Richtung zu ihrem Trainer ein, der eine große Stoppuhr an einem langen Band um den Hals trug, während sein neben ihm stehender Kollege, über eine Kladde gebeugt, mit Notizen auf sie wartete. Ihr Gang zu ihnen erschien ihm aufreizend langsam zu sein, mit vorgeschobenen Becken, wie er es schon bei Mannequins beobachtet hatte, die er im Fernsehen auf den Laufstegen laufen sah. Ihre Schultern warf sie dagegen im entgegen gesetzten Rhythmus auffallend weit nach hinten. Schritt sie mit ihrem rechten Bein aus, bewegte sich ihre linke Schulter übertrieben weit nach hinten. Trotz ihrer langen Gliedmaßen ging von ihrem Körper eine herzerfrischende Natürlichkeit aus.

Am Ausgang der Trainingshalle fing er sie ab. Er stellte sich als Bertoluzzi vor. Na und? schien ihm ihr Blick zu sagen. Entgegen seinen Erwartungen verhielt sie sich, als ob ihr der Name nicht viel sagte. Sie ließ zwar durchblicken, dass er wohl ab und zu in ihrer Anwesenheit gefallen war, sie sich aber keine Gedanken darüber gemacht hätte. Im Übrigen stehe jetzt die Europa-Meisterschaft unmittelbar vor der Tür, wofür sie noch einiges nachzuholen hätte. Als Stafetten-Erste müsste sie auf jeden Fall den so oft entscheidenden Vorsprung herausschwimmen. Gerade bei ihm als Profisportler müsste sie nicht eigens betonen, wie wichtig das für sie persönlich sei. Sie möchte jedenfalls jede Art der Ablenkung in dieser Zeit vermeiden. Immerhin nannte sie ihm noch ihren Namen. Sie hieß Beatrice.

Er besuchte einen Schwimmkurs - am späten Abend, wenn niemand unterwegs war, der ihn kannte. Er konnte sich zwar ohne

Schwimmhilfen über Wasser halten. Aber die Koordination seiner gespreizten Beine bereitete ihm unüberwindliche Schwierigkeiten. Denn so viel hatte er immerhin begriffen, dass die Beine zwar gespreizt, aber dann wieder zusammengefügt werden müssen, um den Schub nach vorn zu erhalten. Es fehlte ihm vielleicht auch die Bereitschaft, jahrzehntelang eingeübte Gewohnheiten von heute auf morgen über Bord zu werfen - auch nicht in einem Ausnahmefall wie diesen, der ihn immerhin näher ans Ziel seiner Wünsche bringen sollte.

Sein oft kritisierter Starrsinn kam auch hier zum Tragen. Er erinnerte sich an eine Situation in der Schule, als er sich geweigert hatte, an einem Schwimmkurs teilzunehmen. Offenbar aus gutem Grund, denn hier spielte sich nahezu das Gleiche ab. Er wusste instinktiv, dass der Schwimmsport nie seine bevorzugte Disziplin werden würde. Mittlerweile ging es in die vierte Woche und nach wie vor fiel er oft wie ein Stein ins Wasser. Seine Instruktorin schaffte es immerhin, dass er sich ohne fremde Hilfsmittel einige Minuten über Wasser halten konnte. Durch seine ruckartigen und heftigen Bewegungen schäumte er das Wasser auf und es entstand ein relativ hoher Wellengang, durch den sich viele Schwimmer gestört fühlten. Auf Wegen, die im Nachhinein nicht mehr nachvollzogen werden können, erfuhr Beatrice, dass Bertoluzzi sich vergeblich für sie abmühte.

Ihr zuliebe hatte er es auf sich genommen, schwimmen zu lernen. Dabei war er sogar drauf und dran, sein sportliches Renommee aufs Spiel zu setzen. Und das nur, um ihr näher zu kommen. Natürlich war sie schockiert, dass sich ein bekannter Sportler wie er noch nicht einmal über Wasser halten konnte. Dennoch empfand sie einige Sympathien für ihn.

War denn dieses aufwändige Gehabe überhaupt nötig? fragte sie sich. Hätte nicht ein einfacher Anruf genügt? Etwas angefressen schien sie schon zu sein, als sie ihn anrief. Sie schlug vor, sich mit ihm im Kaffee des Stadtparks zu treffen. Und er möchte doch seine Inliner mitbringen. Fahren könnte er wohl? Denn sie hätte keine Lust, dort mit den alten Tanten und letztlich auch mit ihm bei Kaffee und Kuchen zu sitzen. Früh am Abend postierte er sich, seine Inliner lässig über die Schulter gehängt, an die Ecke des Kaffeehauses. Und da kam sie schon in einem herrlich schwungvollen Bogen direkt auf ihn zugeschwebt. Es herrschte überall noch ein sommerlich ausgelassenes Treiben, das ihre anfänglich etwas steif geratene Begegnung schnell vergessen machte. Vor dem Kaffee waren Sonnenschirme aufgestellt, unter denen sich junge Paare angeregt unterhielten. Eine angenehm kühlende Brise strich vom Untersee zu ihnen herauf. Er zog seine Schuhe an und zeigte ihr, wie er vor ihr eine nahezu perfekte

Pirouette drehen konnte. Beide nahmen im Gleich- und Schlittschuhschritt Schwung auf, ergriffen jeweils des anderen Hand und schwebten mit weit ausladenden, sanft gleitenden Schritten den tiefer gelegenen Auen des Stadtparks entgegen.

Juventus - Milano

Sobald mir die Haare aus den Ohrmuscheln
wuchsen und sobald sich in meinen Nasenlöchern
die ersten Ziegenbärte zeigten – ja, dann wird mir
immer bewusst, dass ich endlich einen Friseur
aufsuchen müsste. Nach diesem Rhythmus, dem
sich auch andere Männer mehr oder weniger
unterwerfen, lebte ich schon dreißig Jahre lang -
gleichgültig, wo ich mich gerade befand. Ob
zuhause, ob im Urlaub oder wie jetzt auf einer
Erkundungsreise durch Italien.
Ich machte gerade Station in Monte San Savino.
Es ist ein typisch toskanisches Städtchen, das ich
immer besuche, wenn ich in der Gegend bin, denn
es liegt nur eine halbe Stunde von Arezzo entfernt.
Am Tag darauf wollte ich die Fresken von Piero

della Francesca besuchen, nachdem sie jahrelang während der Restauration hinter einem Vorhang verborgen lagen. Auch das reizvolle Ensemble um den Piazza Grande wollte ich wieder sehen und vor allen Dingen eine Wohnung, nicht weit davon entfernt, in die mich eine Freundin eingeladen hatte.

Auch aus diesem Grund hielt ich den Besuch bei einem Friseur für wichtig. Im historischen Stadtkern von Monte San Savino, so riet mir meine Wirtin, würde ein Meister dieses Fachs sein Gewerbe betreiben. So ging ich am nächsten Morgen in eine nahe gelegene Bar, nahm mein übliches Frühstück zu mir, einen doppelten Espresso und eine schrecklich süße, mit Blätterteig umhüllte Vanillepuddingsünde zu mir. Nichts machte mich so glücklich wie eine nichtbiologische Ernährung. Mein System verlangt einfach danach.

Ich genoss es, über die glatten ausgetretenen Steinplatten zu schlendern und in die Schaufenster der kleinen Geschäfte zu schauen, die noch von ihren Eigentümern geführt werden. Mich grüßte ein junger Bäcker, den ich von früher noch kannte, der mit mehlbestäubtem Gesicht gerade die Fensterläden öffnete – einen Augenblick lang standen wir uns überrascht gegenüber, von Angesicht zu Angesicht. In dem

Schaufenster nebenan saß ein Porzellanmaler, den ich auch von früher kannte, der immer noch an seinen folkloristischen Motiven festhielt und seine Teller damit bemalte. Ich hob meine Hand und begrüßte ihn. Auch er erkannte mich und lächelte und wies mit seinem Pinsel auf den Teller, auf den er gerade grüne Blätter malte. Dann folgte ein gewöhnlicher Laden mit Haushaltsartikeln und Gasflaschen.

Und dann fand ich ihn endlich, den Friseur. Ohne es zu merken, hatte ich das Zentrum der Altstadt erreicht. Der Eingang des Salons lag, wie ihn mir die Wirtin umständlich beschrieben hatte, weit in das Innere des Hauses verlegt. Er bildete einen Einschnitt in der äußeren Fassade des Hauses - ein nischenförmiges Dreieck, an dessen einem Ende ein rot lackierter Holzpfosten stand. An ihm hingen zwei Türen. Links sah ich den Eingang für den Damensalon, rechts den für den Herren-Salon. Durch das trübe, matte Schaufenster konnte ich ein paar Männer an der Wand sitzen sehen. Sie warteten alle auf ihren Haarschnitt. Alle lasen in ihren Zeitungen und richteten ab und zu ihre Aufmerksamkeit auf etwas, das sich ihnen gegenüber abspielte und ich nicht sehen konnte. Sie schienen sich mit einer für mich unsichtbaren Person zu unterhalten. Einer von ihnen zeigte mit seiner rechten Hand in seine Richtung und war wohl mit irgendetwas nicht einverstanden. Er schüttelte verständnislos seinen Kopf und strich gefühlvoll kreisend mit dem linken Zeigefinger über die Innenfläche seiner Hand.

Es war schon spät am Vormittag, und ich spürte, wie sich die Wärme des Tages allmählich auszubreiten begann. Die Tür zum Salon der Männer stand weit geöffnet.
Vorsichtig schob ich meine flache Hand durch die baumelnden Wollstränge und erblickte zwei an einer riesigen Trommel arbeitenden Männer. Einer von ihnen hatte sie in einem Friseurstuhl festgeklemmt, während der andere über ihre Ränder strich und ein paar offensichtlich geplatzten Stellen zusammenfügen wollte.

Er hatte mich aber bemerkt und winkte - ich sollte reinkommen und Platz nehmen. Ich setzte mich auf einen der Stühle neben der Zeitung lesenden Männern. Sie quittierten meinen Gruß mit einem beiläufigen Kopfnicken. Einige murmelten ein paar Worte vor sich hin, von denen ich nicht wusste, ob sie mir galten. Jetzt sah ich auch, wie sehr die Trommelhaut an den Außenrändern aufgerissen war. Sorgfältig verklebten sie die Wunden mit einem braunen Gewebeband.

Auf meiner Uhr ging es jetzt schon auf halb zwölf Uhr mittags zu. Offenbar hatte ich mich durch meine Bummelei wohl nicht allzu sehr verspätet. Der Geschäftsbetrieb war noch nicht in

Schwung gekommen. Sie ließen sich auf jeden Fall durch mich nicht in ihrer Arbeit stören. Und ich hatte auch keine Eile, ganz im Gegenteil. Ich schaute immer gern zu, wenn jemand arbeitete. Meiner Zustimmung konnten sie auf jeden Fall sicher sein. Denn eine einmal begonnene Arbeit musste auf jeden Fall zu Ende geführt werden. Mir fiel auf, dass der Mann im karierten Hemd und der blauen Jeanshose, der die Trommel festhielt, dem anderen in der schwarzen Tuchhose zuarbeitete. Er schnitt sehr akkurat einen Klebstreifen nach dem anderen von einer Rolle und reichte sie seinem Chef, der weiter nichts zu tun hatte als mit viel Geschick die Risswunden zu verkleben, sie anzuklopfen und gefühlvoll zu massieren. Das war also der Chef, so entschied ich. Und der andere mit dem karierten Hemd war sein Gehilfe.

Inzwischen hatte sich der Friseursalon mit neuen Gästen gefüllt. Vielleicht waren es auch nur Freunde, die mal vorbeischauten, dachte ich mir. Denn an Ihrer Frisur war nichts auszusetzen. Vielleicht waren es die älter gewordenen Fußball-Kumpels, die ich auf einem großen, bläulich verblassten Mannschaftsphoto an der Wand gesehen hatte, gleich neben den zwei alten Urkunden. Eine davon trug einen angeklebten vertrockneten Lorbeerzweig über einen Namen, der in feiner englischer Schreibschrift von Hand geschrieben war.

Mein Blick wanderte weiter und blieb an zwei Pokalen hängen, die auf dem obersten Regalbrett standen. Sie befanden sich gleich neben dem Friseurspiegel, vor dem die beiden Friseure arbeiteten und in dem ich mich zuweilen in zerhackten Teilstücken sehen konnte. In beiden Behältern steckten eine Vielzahl farbige Wimpel. Alle waren mit einem grauen Staubflor belegt. An einem der Wimpel baumelte ein Paar winziger Fußball-Babyschuhe, die schon gebraucht aussahen.

Die neuen Gäste setzten sich wie selbstverständlich auf die noch freien Stühle. Der letzte, der keinen Platz mehr gefunden hatte, stellte sich direkt vor seine Freunde hin und nutzte die Gelegenheit, jedem Einzelnen seine geöffnete Zeitung hinzuhalten und auf eine für ihn wichtige Nachricht zu zeigen. Dabei lief er in gebückter Haltung hin und her, kam auch an mir vorbei, klopfte mit seinem Handrücken aufgeregt auf ein und dieselbe Stelle, und jedes Mal ertönte ein lauter papierener Knall.

Eindringlich und fast beschwörend sprach er auf sie ein - als wären sie noch Kinder, die nichts begriffen. Allzu gern wären auch sie aufgesprungen, um hin- und herzulaufen wie er. Das Äußerste, das sie sich gönnten, war ein leichtes Anheben ihres Gesäßes. Niemand wollte seinen eroberten Platz gefährden. Ich saß neben ihnen in der Reihe rechts außen. Auch mich versuchte er anzusprechen und auf seine Seite zu ziehen. Zustimmend nickte ich ihm zu wie mein Nachbar neben mir - zum Zeichen, dass ich die Angelegenheit sehe wie er.

Auf einen Fingerzeig des Friseurs hin löste der Gehilfe die Trommel aus dem Friseurstuhl und hob sie hoch. Etwas übertrieben theatralisch schlug er nun mit seiner flachen Hand auf die Trommelhaut - es erklang ein tiefer, angenehmer Basston. Die Arbeit schien beendet zu sein, sie betrachteten sie wohlgefällig von allen Seiten. Einen kurzen Augenblick lang unterbrachen die Freunde ihre Diskussion - ja, es entstand sogar die Andeutung einer ehrfurchtvoller Stille. Mit einem wiederholten Schlag gegen die Trommel gab er mir zu verstehen, dass es jetzt mit der eigentlichen Friseurarbeit losgehen könnte.

Der Meister holte sein Werkzeug aus einer Schublade und legte Kämme, Scheren, Dosen und Rasierpinsel auf das Waschbecken, in einer nur ihm geläufigen Reihenfolge. Unterdessen verstaute der Gehilfe die Trommel hinter einem rot glänzenden Vorhang.
Mit einer Behändigkeit, die ich nicht erwartet hatte, fegte der Gehilfe den Boden, quastete den nun leer gewordenen Friseurstuhl sauber und bedeutete mir, mich hineinzusetzen. Ich schaute auf meine Nachbarn zur Linken, die doch alle vor

mir gekommen waren. Aber alle Hände wiesen auf den Stuhl, in den ich mich endlich setzen sollte. Kaum hatte ich es mir bequem gemacht, wickelte er mich auch schon in einen feuerrot glänzenden Umhang ein, schnürte ihn an meinem Hals mit einer Schleife zu und verschloss das Ganze mit einer weißen Halskrause aus Krepp-Papier. Den oberen Rand stülpte er noch zusätzlich nach unten umschloss damit den Umhang und drückte ihn mit beiden Händen fest um meinen Hals, bis ich anfing nach Luft zu schnappen. Ich hob meinen Finger, um anzuzeigen, dass ich mich ergebe.

Fertiggeschnürt wie ein frisch gewickeltes Baby, reichte er mich weiter an den Meister. Denn dass mein Friseur das Meister-Diplom besaß, hatte ich inzwischen auf einer Urkunde mit goldenen Buchstaben lesen können. Schon lange vorher, als er noch abgewandt von mir am Waschtisch stand und mir seinen Rücken zuwandte, hörte ich, wie er mehrmals die Schärfe seiner Schere prüfte. Er zerschnitt mehrmals zur Probe mit erhobenem Arm die Luft über sich, mit einem zirpenden, metallischen Klang, der nur fein geschliffenen Werkzeugen eigen ist. Den sirrenden Ton noch im Ohr schaute ich zu ihm auf, als er neben mir auftauchte, plötzlich innehielt und mich fragte - corto? Ich nickte. Und übte mich in den sparsamen Gesten der schweigsamen Konversation. Nichts sagen und mich

vertrauensvoll in seine Hände begeben und
neugierig zusehen, was er mit mir anstellt -
das hatte ich mir vorgenommen.

Ich merkte, trotz meiner Vorbehalte ihm
gegenüber, als auch er voller Stolz und
Selbstgefälligkeit auf die Trommel geschlagen
hatte, wie er mir allmählich sympathischer wurde -
er versuchte nicht, mich zu unterhalten und mich
mit läppischen Fragen zu drangsalieren. Die
Diskussion hinter mir hatte sich einen Augenblick
lang beruhigt und ebbte gänzlich ab, als sich neue
Kundschaft in den kleinen Salon hineinzwängte.
Ich konnte im Spiegel beobachten, wie es immer
enger und für mich unübersichtlicher wurde.
Einige der neu hinzugekommenen Gäste standen
jetzt angelehnt an den Wänden und verdeckten mit
ihren Rücken zwei farbige Pin-Up-Kalender, die
ich mir eigentlich in aller Ruhe durch den Spiegel
hatte ansehen wollen.

Der Meister beuge sich dicht über mich, als
ob er meine wenigen Haare zählen wollte. Ich
konnte ihn riechen. Er schien eine gut gewürzte
Tomatensoße mit einem Hauch von Knoblauch
bereits genossen zu haben, auch wenn das
Mittagsmahl noch bevorstand. Offensichtlich saß
der Geruch in seinen Kleidern. Aber gleichzeitig
lag auch ein Duft von Talkumpuder in der Luft.
Ich sah ihm geradeaus ins Gesicht und erlebte

eine Nähe, die ich nur meinen allernächsten Verwandten zumuten würde. Ich war überrascht, dass ich jede Einzelheit in seinem Gesicht scharf sehen konnte - auch ohne Lesebrille.

Vor mir öffneten sich zwei Nasenlöcher, aus denen schwarz-graue Haarbüschel wuchsen, die nahtlos und ohne Unterbrechung in seinen wild wuchernden Schnurrbart ubergingen. Er trug ihn an den Seiten herunterhängend wie der Revolutionär Zappa in Bolivien oder wie Schweitzer und Nietsche bei uns. Auch seine grau melierten Augenbrauen schienen in ihrem starken Wachstum keiner Kontrolle zu unterliegen. Sie wuchsen kreuz und quer wie es ihnen gefiel. Einige einzelne weiße Haare unter ihnen ragten wie Korkenzieher in der Luft. Sein Haupthaar dagegen war gepflegt. Es kannte nur eine Richtung nach hinten, wo es in seiner verschwenderischen Fülle auf seine Schultern fiel.

Aus dieser für mich ungewohnten Nähe betrachtet, fiel mir auch ihr eigentümlich matter Seidenglanz auf. Einige Strähnen fielen in mein Gesicht – je näher der Meister sich zu mir beugte und mit meinen Ziegenbärten in der Nase beschäftigt war. Er drang mit seiner spitzen Schere, die einem krummen Vogelschnabel glich, tief in meine Nasenlöcher und schien mit ihr jedes einzelne Haar zu finden. Bei meinen Ohren angelangt, scheute er sich nicht, mein Ohrläppchen herzhaft zwischen seinen Zeigefinger und Daumen einzuklemmen, daran zu ziehen und Haar um Haar abzuschneiden.

Schon seit einer Weile hörte ich die Stimmen hinter mir immer lauter werden, während ich immer noch in der Betrachtung seines immensen Haarwuchses versunken war und mir vorstellte, wie ich aussehen würde, wenn wir unser Haarkleid einfach tauschen könnten. Mit kurzen Erwiderungen versuchte der Meister die aufgeheizte Stimmung zu beruhigen. Er erreichte aber nicht den gewünschten Erfolg. Sie waren mit seinen Einwänden offenbar unzufrieden - ja, einer von ihnen schrie auf ihn ein, kam sogar vor, stellte sich dicht an meine Seite und redete auch auf mein Spiegelbild ein. Weder mit meinem Kopf noch auf andere Weise konnte ich ihm meine Zustimmung signalisieren, denn der Meister bearbeitete gerade mein linkes Innenohr.

Bis zu diesem Zeitpunkt hatte er ihnen immer nur den Rücken zugewandt. Zwischendurch warf er ihnen einige beruhigenden Worte zu. Mit einem Schwung, auf den ich nicht vorbreitet war, drehte er meinen Friseurstuhl um 18o Grad. Ich saß nun direkt vor der Sitzreihe, direkt vor ihnen und konnte jedem einzelnen der wild gestikulierenden Freunde ins Gesicht schauen. Von Angesicht zu Angesicht. Und wieder in einer Nähe, gegen die ich nichts unternehmen konnte.

Denn der Meister, der sich jetzt zwischen mir und dem Waschtisch befand, hielt meine Haare fest in seinen Fingern, während er mit der anderen die Haarspitzen kürzte.
Der Abstand seiner Freunde zu mir betrug weniger als einen halben Meter. Und sobald sich einer von ihnen in seiner Erregung nach vorne beugte, vor allen Dingen, wenn er etwas Bedeutendes sagen wollte, war sein Gesicht nur etwa zwei Hände breit von mir entfernt. Ich sog unwillkürlich seine Atemluft ein, die jetzt nach dem Nasen-Haarschnitt ungehindert und leicht in meine Nase drang. Aber diesmal konnte ich seine Ausdünstungen nicht aufnehmen. Zu überladen war der Salon mit undefinierbaren Düften aller Provenienz.

Alle, wie ich jetzt durch den Spiegel bewundernd anerkennen musste – alle, die auf ihren Stühlen saßen und an den Wänden lehnten, waren gepflegt und hatten sich offenbar vor ihrem Besuch mit Haar- und Rasierwasser besprengt. Vielleicht hatten sie es sich auch nicht vorstellen können, welchen Verlauf die Debatte nehmen würde.
Immerhin konnten sie dem Meister, ihrem Freund, jetzt direkt ins Gesicht schauen, der ihnen nun frontal gegenüberstand. Aber jedes Mal, wenn sie zu ihm sprachen, sprachen sie auch zu mir. Denn ich befand mich in dem gleichen Blickfeld, wenn

sie ihre strittigen Argumente in die Richtung des Freundes fallen ließen. Und, wie ich nun mit Schrecken feststellen musste, galten sie offenbar auch mir. Das fiel mir auf, als mein Gegenüber mit seinem Finger auf mein Knie tippte und auf mich einsprach. Als er merkte, dass ich noch unschlüssig von einem zum anderen blickte, wies er auf den Artikel in der Zeitung hin, und zwar so heftig, dass er wieder einige Male mit seinem Handrücken auf die bestimmte Stelle schlug. Ein anderer nahm ihm die Zeitung weg und hielt sie mir wie zur Gedankenstütze direkt vors Gesicht.

Ich nickte und zeigte ihnen meine Zustimmung, auf die sie offensichtlich gewartet hatten. Aufmunternd schaute ich ihnen ins Gesicht. Meinen Kopf neigte ich, soweit der Meister es zuließ, von einer Seite auf die andere, um auch einmal meine Bedenken anzumelden. Dieses Verhalten wurde aber gar nicht gut aufgenommen. Sie redeten auf mich in einer Lautstärke ein, als ob ich taub gewesen wäre – ja, als ob ich nicht ganz richtig im Kopf wäre.

Erst jetzt verstand ich deutlich die Worte Juventus und Milano. Und ich konnte mir zusammenreimen, dass einer der berühmten Fußballer aus ihrem Heimatverein hervorgegangen war. Fest stand auf jeden Fall, das hatte ich immerhin begriffen, dass heute Abend das

Fußballspiel zwischen Juventus Turin und AC Milano im Rai Uno übertragen wird.

Der Meister schäumte mich ein. Die Bearbeitung meines Kopfes war offenbar vollendet. Sanft und zärtlich bestrich er mit einem fransigen Pinsel noch die freien Stellen, um mich anschließend mit einem scharfen Rasiermesser zu rasieren. Er hatte es zuvor in eine rot gefärbte Flüssigkeit getaucht. Als er sich hinter meinen Ohren zu schaffen machte, zog der scharfe Geruch eines alkoholischen Desinfektionsmittels an meiner Nase vorbei.

Der Geruch mischte sich zum Schluss mit dem Duft des Talkumpuders, das der Gehilfe mit einem Gummiballon über meinen rasierten Nacken und hinter die Ohren stäubte und puffte und mich in eine weiße Wolke hüllte. Es war die gleiche Duftnote, die mir vor ein paar Tagen in Lucignano auf dem Wochenmarkt begegnet war, mitten unter den sommerlichen Ausdünstungen von Taubenkäfigen und Hühnerkörben. Bei zwei älteren würdevollen Herren roch ich ihn in Reinkultur, den Talkumduft. Schon damals riefen sie sich zum Abschied die Worte Juventus und Milano zu, deren Bedeutung ich nicht ahnen konnte.
